시인의 말

아버지 감사합니다

목 차

이것은 펜트하우스다

최승훈

어느 봄날의 기도

똥 같은 시를 쓰고 싶다

텃밭에 묻혀 귀한 거름 될 수 있는 그런

개똥 같은 시를 쓰고 싶다

약으로 쓰려면 없을 만큼 귀한

더럽다

내 시에 침 뱉고

냄새난다 코 막고

얼굴 찌푸려도

귀한 거름으로 쓰여

푸른 생명 키워낼 수 있는

그런 똥시를 저에게 허락하여 주옵소서

원두막

대문이 없다

담장도 없다

벽조차도 없다

도둑 들 걱정이 없다

오솔길

참나리꽃 예쁘게 피었습니다

호랑나비 한 마리

꽃잎 위에 살포시 날아와 앉습니다

차마, 나비를 꺾어 올 수 없었습니다

굴비의 유언

나를 거꾸로 매달아 비굴하게 만들지 마라

똥구녕

할무이

화분 밑바닥에

와 구멍이 뚫려있노?

똥구녕인 기라

니도 밥 묵고 나면 똥 싸제

화분도 똑같은 기다

똥구녕이 있어

머리 위에

예쁜 꽃도 피워 낼 수 있는 기다

거미

허공에 낚싯대 드리우고

허기진 배를 움켜쥐었습니다

며칠째 밥상 위엔

나뭇잎 한 장 올라와 있지 않습니다

낚싯바늘엔 하루살이 한 놈 물리지 않고

밤새도록 웅크리고 앉아

통통 알 밴 여치의 입질 꿈꾸다

비쩍 마른 달빛만 건져 올렸습니다

이른 아침 그의 밥상에 올려진 것은

송글송글 햇살에 꿰어 있는 이슬 한 꾸러미

저러다 산 입에 거미줄 치게 생겼습니다

남자들이여! 잠에서 깰지어다

여자를 거꾸로 읽으면 자녀가 된다

여자는 자녀를 낳아 가족을 이루고 더 나아가

국가를 이루는 위대한 존재다

옛날같이 밥 짓고 설거지 하고 애만 낳다가 인생 종치는

그런 구태의연한 시대는 갔다

남녀평등의 시대를 넘어

여성 상위 시대가 도래했다

남자들이여!

그 옛날, 여자들을 호령하고

가족 위에 군림하던 그 기백과 기상

정녕 어디로 사라졌단 말인가

도대체 그대들은 어디서 무엇을 하고 있단 말인가

자남?

* 자남 : (잠을)자는가?의 방언
거꾸로 읽으면 남자가 된다

아내가 오늘 저녁은 라면을 끓여 먹자고 한다

동생은 어려서 안 되고

형은 형이라서 안 되고

어머니는 유독 나에게 잔심부름을 많이 시켰다

하지만 모든 것이 다 싫은 것만은 아니었다

한 달에 한두 번 어쩌다 라면 심부름하는 날이면 나는

황구처럼 꼬리를 흔들며 동네 구멍가게로 내달렸다

유일하게 심부름 값이 딸려 나왔는데

라면을 꺼내고 봉지에 남은 부스러기가 내 몫이었다

고사리손에 탈탈 털어 모으면 한 움큼도 안 되는 양이었지만

과자가 귀한 시절

사막을 여행하는 자에게 한 모금 물과도 같았다

찬바람이 몰아치던 어스름한 저녁

그날도 서너 봉지 사 들고 신나게 집으로 뛰어오는데

돌부리가 내 발목을 꽉 잡아당겼다

무릎은 깨지고 콧잔등에서는 핏물이 흘러나왔다

막 퇴근하여 들어오신 아버지가

절뚝절뚝 엉엉 대문을 열고 들어오는 나를 보시더니

와락 감싸 안아 주시며 어머니를 호되게 야단치시던 때가 있었다

나 때문에 어머니가 혼나는 것만 같아 더는 아프지 않았다

그날 저녁 어머니한테 받은 심부름 값은

두 손을 벌리고도 넘칠 만큼 참으로 행복한 저녁이었다

이것은 불륜이다

밤에만, 달뜨는 밤에만

새색시처럼 수줍은 듯 피어나는 꽃이라 알고 지냈는데 그래서

내 나이 오십 맞도록 대낮 풀숲에 피어난 노란 여린 꽃이

달맞이꽃이라고는 상상조차 못 했다네

아내 몰래 여자 친구 만나러 강촌역 가는 길

백주대낮 차들이 내달리는 도로가에서

제비나비와 입맞춤하고 있는 달맞이꽃을 보았다네

낮달이 뜨는 이유를 알 것도 같았다네

흔들린다

성난 들소 떼처럼 태풍이 몰려온다

나뭇가지가 흔들리고

풀잎은 지레 흩날린다

흔들린다는 것은 중심을 잡겠다는 것이다

꺾이지 않겠다는,

뽑히지 않고 끝까지 버텨 보겠다는 강한 몸부림이다

선로 위를 걸으며

중심을 잡기 위해 나는 얼마나 흔들렸던가

자전거를 배우며

넘어지지 않으려 내 몸은 또 얼마나 흔들렸던가

지진이 일어날 때마다 지구가 흔들린 것도

중심을 잡고 1년은 365일 팽이처럼 돌기 위함이었다

길을 걷다가 젊은 여인의 한 뼘 치마에

잠시나마 내 마음이 흔들리는 것도

한 집안의 가장으로 가정을 지키겠다는

또 다른 의지의 강한 표현이다

공터

할머니들은 푸성귀를 심어야겠다 생각할 것이고

사내아이들은 공차기를 떠올릴 것이다

여자아이들은 고무줄놀이나 옹기종기 모여 앉아

공깃돌 놀이를 생각하며 즐거워할 것이다

중년의 남성은 빈터에 가로등 하나 심어 놓고

불빛 아래서 이슬 맞도록 인생을 논할 것이다

즐거운 상상이 웃자라나는

그런 공터 같은 여자가 있었다

가로등 하나둘 꿈뻑 꿈뻑 눈을 뜨기 시작하는 골목길

어쩌다 잠시 바람처럼 스쳐 지나가는 사이였지만

찰랑거리는 머릿결이며 또각 또각

땅바닥에 마침표를 찍으며 걸어가는

뾰족 구둣발 소리

누에처럼 하얀 입김을 가늘게 뽑아내며

아마득히 내 곁을 지나갈 때면

내 애인이었으면 좋겠다는 생각도 해보고

그녀와 나 사이에

그녀를 닮은 예쁜 계집아이 하나 그려 넣고

손 꼭 잡고 집으로 함께 걸어가는

행복한 나래를 펼쳐보기도 했던

공터 같은 그 여자

재개발에 밀려 마을의 자투리 땅들은 하나둘

추억 속으로 허물어져 갔지만

또각이는 그녀의 발걸음 소리

내 가슴속에 도돌이표로 남아 있는데

그림자 무게

지난가을 처가에 가서 그림자에도 무게가 있음을 알았다

마당 가 담장 선에 맞춰 심겨 있는 감나무며 대추나무…

늦은 오후 열매를 가득 매단 그림자들이 일제히

담장에 기대어 부은 다리를 쉬고 있었다

그때부터 담장은 금이 가기 시작한 것이었다

깨진 병 조각들이 담장 위에 박혀 있었지만

무뎌진 날로는 바람조차 베어내지 못했다

늙은 담장은 더는 무게를 견디지 못하고 삭신이 허물어 내렸다

담장이 무너지기 전에 그림자를 베어버리자고

처남에게 말해줘야 할 것만 같았다

달동네

막내딸 생일날 엄마는

짜장면 곱빼기 한 그릇 시켜놓고

일터로 나갔습니다

퉁퉁 불은 짜장면을 한 젓갈씩 나눠 먹으며

어린 동생이 말합니다

오빠야,

짜장면 속에 있는 완두콩 마당에 심으면

짜장면이 열릴까

짜장면이 주렁주렁 달리면

엄마도 우리랑 같이 배불리 먹을 수 있을 텐데

그날따라 엄마는 밤늦도록 돌아오지 않고

불어 터진 검은 밤하늘에는

완두콩만 한 푸른 별들이 반짝반짝

어린 남매를 바라보고 있었습니다

*. 이정록 동시 〈어느새〉에서 짜장면 속 완두콩 빌려옴

흉작

연애시절 그녀가 내 자취방에서 하룻밤을 묵었다

불행히도 방이 둘이었다

그날 밤,

나는 방바닥을 맨주먹으로 내리치며

방이 둘 딸린 집에서는 절대 살지 않겠다고

다짐 또 다짐했다

그녀와 결혼하고

방이 셋 딸린 집을 장만했다

십 년 동안 이 방 저 방 건너다니며

아들 하나 겨우 낳았다

틈

아내와 나 사이에 틈이 생겼다

처음엔,
사소한 의견 차이로 인한 작은 흠집쯤으로 생각했는데
시나브로 간격이 벌어지더니 일주일 넘게 말도 하지 않고
등 돌리고 잠을 청한다

우리 동네 오래된 기와집 담장에도
강아지 발바닥 두께만 한 틈이 벌어져 있다
올봄 갈라진 그 틈새로 노란 꽃이 피어났다

아내와 나 사이
그 틈바구니를 비집고 들어와 잠든 아들 녀석
바라볼수록 예쁜 한 송이 민들레꽃이다

아내

차비 좀 달라고

공손하게 두 손을 내밀었는데

새우젓갈 같은 눈으로

위아래 한참을 훑어보더니

지갑을 열어

오천 원짜리 지폐 한 장

내 손바닥 위에 살짝 얹어 놓는다

커피 한 잔 값도 안 되는

하루 치 용돈

배춧속 여린 내 가슴에

팍팍 왕소금 친다

증말, 짜다

짜

노안

요즘 눈도 침침하고 글씨도 잘 안보이고

평생 얄밉게만 보이던 아내까지 예뻐 보이기 시작했다

완성된 삶을 위하여

흐린 날이면 재발하는 퇴행성 관절염 같이

나의 반성은 아내의 생리 주기에 맞춰 늘 되풀이된다

언행일치를 주장하는 아내에게

완성된 가장의 모습을 보여주고 싶지만

늘 미안하다는 말뿐

행동으로 나머지 반성이 이어지지 않는다

반숙된 계란후라이만 아내의 식탁 위에 올려놓았다

올 한 해는 완성된 남편의 모습을 보이고자

일찍 일어나 밥도 해 놓고 청소도 하고

묵은 빨래까지 깨끗이 빨아 널어놓았건만

부시시 일어난 아내가 유통기간 지난 눈빛으로

완숙인지 반숙인지 노른자를 쿡 찔러보듯

내 이마를 짚는다 내 입속에서

풋 -

덜 익힌 웃음이 노랗게 터져 나왔다

월급날

샤워를 끝내고 거울 속에 비친

내 몸을 훑어본다

머리 양옆을 초승달 마냥 야금야금

세월이 참 많이도 파먹었다

면적이 늘어난 이마를 어루만지다가 문득,

성적표처럼 받아 온 월급 명세서를 펼쳐본다

불룩한 뱃살이며 젖가슴 축 처진 엉덩이

몸의 평수는 부지런히 늘려 놓았지만

40대 후반 내 몸의 공시지가는 수년째 그대로다

세금 대신 내 뱃살을 떼어주고 싶은 늦은 밤

아내에게 그동안 밀린 하숙비는

밤을 새워서라도 온몸으로 때워야겠다

군만두는 서비스

아내는 자장면을 시켰고

나는 짜장면을 주문했다

자장면은 왠지 싱겁게 느껴졌고

짜장면은 찐한 맛을 낼 것만 같다

동네 의사 선생은 병원에 들를 적마다

간이 너무 안 좋다며

짜고 자극적인 음식은 먹지 말라 한다

주말 오후,

내 체질을 물려받은 아들의 건강을 위해

짬뽕 대신 잠봉을 시켜줬고

나는 아내 거랑 같이 자장면 두 그릇을 주문했다

"사장님, 여기 자장 둘 잠봉 하나!"

누가 쿠페아를 죽였는가?

올봄 아내가 사다 놓은 작은 꽃 화분 하나

컴퓨터 책상 위에 놓여 앙증맞게 잘 자란다 싶었는데

숨이 막힌 듯 잎이 누렇게 뜨더니

여름을 넘기지 못하고 말라 죽었다

아내는 영양제도 주고

나름대로 세심한 사랑을 기울였는데

왜 죽었는지 모르겠다며 안타까워했다

컴퓨터 게임을 하며 후벼 판 코딱지

버릴 곳이 없어진 나로서도

아내 못지않게 몹시도 아쉬울 따름이었다

어머니에게 차였다

일주일째 아무런 말씀도 없이 누워만 계신 어머니

주말 아침 일찍 아내와 아들과 병문안 갔다

맞선 볼 처자를 소개해 주시려는 듯

장롱 속에서 주섬주섬 낡은 사진 한 장을 찾아 내미신다

갈매기 눈썹에 오똑한 코 도톰한 입술

부풀어 올린 듯 단정한 머리 맵시

실낱같은 미소가 눈꼬리에 걸려있는 우유빛깔 뽀얀 피부

소박한 스웨터의 앳된 이십 대 초반의 흑백 사진 속 아가씨에게

그만 한눈에 반해 버렸다

다시 태어난다면 사진 속 여인과 결혼하고 싶다는 막내아들의 청혼에

생긴 거 하며 하는 짓거리가 네 아버지와 너무도 똑 닮아

꼴 보기 싫다며 고개를 돌리시는 어머니

단칼에 오십 년 전 사진 속 여인에게 딱지를 맞았다

걷는 폼이며 말투까지 나를 쏙 빼닮았다는 내 아들 민식이도

먼 훗날 중년이 되어 젊은 내 아내에게 차일 것만 같아

아내 보기가 내심 불안한 하루였다

어머니의 회초리

잠시 바람을 쐬어 드려도

고맙구나 고맙구나

막국수 한 그릇 사드려도

맛난 거 사줘서 고맙다

집에 모셔다 드리고 나면

고맙구나 정말 고맙다

덕분에 오늘 하루 잘 먹고 잘 쉬었다 하십니다

팔순을 넘기시며 어머니는 자꾸만

자식들에게 고맙다고 고맙다고만 하십니다

그럴 때마다 나는 남의 아들이 된 기분입니다

토요일 오후

그날도 어머님 모시고 국화꽃 만발한 공원에 잠시 다녀왔습니다

어머니가 내 어머니가 또 당신의 자식에게 인사를 합니다

내 손을 꼭 잡고 자꾸만 고맙다 하십니다

우리 삼 남매 말썽 피울 때마다 회초리를 드시던 어머니

그 회초리를 맞으면서도 끝내 울지 않았던 어렸을 적 내가

고맙구나 고맙다 하시며 싸릿가지 같은 앙상히 마른 손으로

다 자란 막내아들 손등이며 어깨를 어루만질 때 불현듯

어머니의 손이 회초리가 되어 내 가슴을 후려치는 것이었습니다

뒤늦게서야 아들은 어머니의 매서운 회초리 맛에 그만

눈물 콧물 쏙 빼고 말았던 것입니다

가방

초등학교에 입학하고 처음 받은 선물이 책가방이었습니다

노는데 정신 팔려 학교 운동장에 가방을 떨구고 온 날 어머니는

동생을 잃어버리고 집에 온 것처럼

여린 내 등짝을 무섭게 후려쳤습니다

피난 열차 같던 중 고등학교 등교 시간 버스 안에서도

사력을 다해 놓지 않았던,

학교를 졸업하고 사회인이 되어서야 비로소

혹 같은 가방을 생에서 떼어낸 줄만 알았습니다

내 아들 민식이를 학교에 보내던 첫날 아침

어린 자식 등에 멍에 같은 가방을 짊어지우며

나란 존재는 내려놓을 수도 벗어 던질 수도 없는

어쩌면

부모님의 평생 근심 덩어리 가방이었음을

뒤늦게서야 눈물로 깨달았습니다

퇴근 후 안부 전화를 드리면

어머니는 오히려 내게 되묻습니다

직장 일은 힘들지 않으냐고

세끼 밥 놓치지 말고 때 되면 꼭 챙겨 먹고

항상 차 조심하라고

아직도 무거운 가방을 내려놓지 못하십니다

부전자전

나, 갓 기어 다니기 시작할 무렵 울 엄니 한눈파는 사이 학교 관사
마루에서 똑 떨어져 댓돌 모서리에 콩 머리를 박았다는데 운동장
떠나갈 듯 자지러지는 울음소리에 아이들을 가르치다 말고 울 아
버지 황급히 달려와 김일성 혹처럼 불거진 어린 내 이마를 손바닥
으로 사정없이 비벼서 밀어 넣었다는데 지금도 어머니는 내 이마에
난 흉터 자국을 어루만지고 나서야 제 자식임을 확인하십니다

"학창시절 내내 형제들과는 달리 밑바닥 치는 성적표를 받아 올 때
마다 네가 이렇게 된 것이 다 이 어미의 잘못 같아 건강히 자라나는
것만으로도 얼마나 감사했는지 모른단다 그때 어린 네가 뭐 하나
잘못되었다면 네 엄마는 소양강에 몸을 던졌을 거다."

"그런데 어머니여 내가 머리 나쁘게 된 것 그러다 치더라도 하나밖
에 없는 울 아들놈 날 빼닮아 밑바닥 치고 있으니 어떻게 책임 질 꺼
여 내 아내가 무슨 죄가 있어서 평생 한숨 쉬며 살아가야 한단 말이
여 내 자식 이렇게 된 것 다 엄니 탓이니까 돌아가시기 전에 배상이
나 두둑이 해주소"

농담 반 진담 반 덜떨어진 막내아들 투정에

"못난 놈!"

내 이마의 혹을 강제로 밀어 넣었던 아버지의 손바닥이 이번엔 내
뒤통수를 힘껏 내리치는 것 이었습니다 내 두 눈에 눈물이 혹처럼
튕겨져 나왔습니다

1975

춘천 시외버스터미널 차가운 시멘트 바닥에

단물 빠진 껌처럼 버려진 십 원짜리 동전 하나

여기저기 짓밟힌 상처

몰락한 둥근 세월 속에

일곱 살 난 아이가 찰거머리같이

엄마의 치맛자락 꼭 붙잡고 떼를 쓰고 있다

- 엄마 십 원, 십 원만 주세요

- 사탕 많이 사 먹으면 이 썩어서 안돼요

막내아들의 눈깔사탕만 한 눈물방울을 끝내 외면하시던

내 아내보다도 더 젊은 엄마가 이제는 검버섯 녹슨 얼굴로

내 손에 꼭 쥐어져 있다

책값

아버지 손처럼 얇은 시집 한 권 값과

내 손처럼 두툼한 시집 한 권 값이

같다

아버지와 내가 한 세상 살다가는 것도 같겠다지만

아버지 손에서 묻어나오는

쪼글쪼글 말라붙은 삶의 필력을

나는 다만 필사할 따름이었다

아버지, 철들다

내일 하고 모레면 나도 하늘의 뜻을 알 나이인데

제발 철 좀 나라고 어머니는

언제 철이 들 거냐며 내게 늘 말씀하신다

그래서일까

싱크대 수도에서 철 든 물이 콸콸 쏟아져 나온다

저 수돗물로 밥을 지어 먹으면 나도 철 좀 들려나

내 몸속에도 녹이 슬어야 철이 들 것만 같았다

머릿속에도 녹이 슬고

자지에도 녹이 슬고

얼굴에는 녹슨 검버섯이 더 피어나면 철이 나려나

늦은 오후

어머니로부터 해맑은 전화를 받았다

"너희 아버지가 철들었나 보다

 평생 하지도 않던 방 청소를 다하고

 설거지까지 도와주는구나."

이제 겨우 팔순을 내다보시는 아버지

너무도 빨리 녹이 드셨다

아버지와 아들

토요일 저녁 상점들이 하나둘 등을 밝힐 때면

나는 추운 줄도 모르고 정거장에 나와 아버지를 기다렸다

아버지가 버스에서 내려 첫발을 땅에 내딛는 그 순간은

암스트롱의 달 착륙보다 내겐 더 설레고 기쁜 일이었다

(그땐 핸드폰이 나오리라고 상상도 못 하던 시절이었다)

아무리 기다려도 아버지가 안 오시던 날이 있었다

어머니는 전화기만 까맣게 바라보고 계셨고

기다리다 지친 나는 까무룩 잠이 들려는 순간

초인종 소리가 냉랭한 거실을 흔들어 깨우고 있었다

어머니는 신발을 제대로 갖춰 신지도 못하고 마당으로 뛰어나가셨고

나는 아버지의 서늘한 옷자락에 파묻혀 나도 모르게 울컥,

토해내려는 울음을 가까스로 참아냈다

(그땐 공중전화 시내요금이 이십 원 하던 시절이었다)

저녁을 먹는 둥 마는 둥 야근을 마치고 밤늦게 귀가한 날

아내는 텔레비전을 켜놓고 잠이 들었고

아들은 소파에 기대어 핸드폰 게임을 하다가

퉁명한 한마디 인사만 보낸다

왔어?

울컥한 마음에 아버지께 전화를 건다

아버지?

와?

……

50년 전 미처 토해내지 못했던 눈물을 내 아버지 옷자락에 맘껏 쏟

아내고 싶은 서글픈 밤이었다

아버자

꽃물이 오른 4월

강원도립화목원에서

어머니는 연실 어머나 어머나

어머나를 연발하십니다

어머나 어쩜 이리 앙증맞다니

어머나 네 동생 어릴 적 모습같이 너무 예쁘다

어머나 향기가 너무 좋구나

어머니가 자꾸만 어머나로 읽히는 봄날 오후

아버지도 아버자로 읽혔으면 좋으련만

아직도 잎을 틔우지 못한 대추나무처럼

볕 좋은 벤치에 묵묵히 앉아만 계신 아버지

아버자 앙증맞은 제비꽃 좀 보세요

아버자 당신 딸처럼 예쁜 튤립도 보시고요

아버자 조팝나무 꽃향기에 취해도 보시라고요

강둑 풀밭 나무둥치에 매여 있는 소처럼

꿈쩍 않고 앉아만 계신 아버지 두 눈가에

꿈뻑꿈뻑 졸음이 나비처럼 날아와 앉습니다

선문답

이천 년 전,

영원히 목마르지 않은 생수를 달라고 간청하던 사마리아 여인에게

"네 남편을 불러오라." 말씀하시던 예수님

아버지, 며칠째 고뿔로 누워 있다

퇴근길에 잠시 들렀더니 어두컴컴한 방 안

인기척에 빼꼼 초승달 눈을 뜬다

저녁 드셨느냐는 막내아들 물음에

"글쎄다 니 엄마 잠시 장 좀 보고 온다더니 아직 안 왔구나."

힘겹게 답을 주시고 다시 눈을 감는다

거친 숨을 내쉬며 귀먹고 노쇠한 예수님 이천 년 동안 누워계신다

폐타이어

바퀴에 난 구멍을 틀어막았다

정비기사는 수명이 다 됐다며

새로 바꿔야 한다고 하지만

나는 앞으로 삼 년은 더 달릴 수 있다고 하였다

더는 틀어막을 수 없을 정도로

아버지 몸에도 많은 구멍이 생겨났다

허리 어깨 손목 온몸 구석구석

경고장처럼 단단히 붙어 있는 파스

정비소 건물 풀이 웃자란 자투리땅에

지문이 다 닳아버린 바퀴 한 짝

무연고 무덤처럼 방치되어 버려져 있었다

손

해야 할 일이 사라졌을 때

아내 손에 쌀 한 톨 움켜 줄 힘조차 없게 되었을

그때 목을 꺾듯 손은 조용히 손목을 떨군다

자신의 힘으로 더는 먹고살기 힘들어졌을 때

자식들에게 손 벌려야 할 때가 오면

손은 조용히 목숨을 내려놓는다

아무리 붙잡으려 해도

악을 쓰며 이마저 거부하는 아버지의 손

가뭄 든 저수지 같이 바짝 마른

손바닥에 나 있는 무수한 갈림길

아버지, 막다른 골목길에 폐가처럼 서 계신다

길어야 석 달이라며

의사 선생은 혈액암 말기라고 하였다

*.2018년12월3일(월)새벽3시41분
아버지, 마지막 숨을 내려놓으시다.

유언

– 나의 죽음을 적에게 알리지 마라

아버지의 장례를 다 치르고 나서 나는 이순신 장군의 마지막 유언을 가슴 깊이 새겨듣는다

비록 적장이었지만 그의 지략과 인품에 감동받은 바다 건너 왜 나라 백성들의 끝없는 조문 행렬에 동방예의지국 조선은 섭섭지 않게 대접해 보내느라 머리 꽤나 아팠으리라

장례 후 절차로 형제의 난이 일어났다

회사 직원에게는 문자로 감사 인사 드리자는 나와 동생의 실용주의 노선과 정중히 편지글을 올려야 한다는 형님의 유교주의가 팽팽히 맞섰다

편지지는 일반 재질로 할 것인지 한지로 할 것인지 순수 한글 편지글과 한자를 섞어야 한다는 사대주의 사상으로 또 한 번 집안에 전운이 감돈다

이웃 주민에게 돌릴 답례 떡은 알록달록 먹음직하게 하자는 창령 조씨 가문의 아내와 흰떡으로만 하자는 형수님까지 가세하여 춘추전국시대를 열었다

보다 못한 조선 왕족 혈통의 어머니께서 이런들 어떠하리 저런들 어떠하리 하여가를 읊어보지만 한글 창제는 절대 있을 수 없다며 목숨까지 내걸었다던 해주 최씨 후예답게 형님의 황소고집은 쉬이 꺾이지 않고 홀로 최후까지 대항하다 어머님 말씀에 반역하지 말라는 거제 반씨 형수님 말 한마디에 끝내 맥없이 진압당하고 말았다

장례 후 절차의 논란은 어머님의 명령하에 모두 평정되었지만 금실 좋은 부부 같던 집안에 실금이 가기 시작했다

그러므로 내 아들 민식이에게 엄히 명하노니 먼 훗날 내가 죽거들랑 나의 죽음을 세상 사람에게 알리지 말고 간밤에 첫눈이 다녀간 듯 조용히 장례 치르기를 원하노라

그냥 읽기로 했다

시 한 구절 한 구절 밑줄 붉게 그어가며

시험 치르듯 읽지 않기로 했다

모르면 뜻 모르는 대로

물 흐르듯 살기로 했다

나에게 왜 슬픔을 주시는지

눈물은 왜 허락하셨는지

구절구절 더는 묻지 않기로 했다

나도 내 인생에 밑줄을 긋지 않겠다

살다 보니 시 한 편 써지더라

봉선화

다시 태어날 수 있다면

울 밑에 봉선화로 피어나리

한 조각 붉은 마음 꽃망울 터쳐

노을빛 곱게 그대 손톱 물들이리

당신의 첫사랑 이루어지도록

첫눈 올 때까지

풀잎에 맺힌 눈물방울처럼

손톱 끝 꼭 붙잡고 놓지 않으리

일급비밀

너를 만난 후로

계절은 여름을 향해 성큼성큼 내달렸고

너와 잠시 헤어진 사이

지구엔 긴 겨울이 시작되었다

라는 나의 유치찬란한 시에 너는 모시나비 날갯짓하듯 손뼉을 치며

호호호 제비꽃 연보랏빛 망울을 터뜨렸다 그리하여 그 해 1991년 봄

이 시작되었다는 사실을 아는 사람은 세상에서 오직 너와 나 단 둘

뿐이다

애인에게 뺨 맞을 시

송충이가 징그럽다고만 생각하지 마세요

자세히 들여다보면

당신처럼 귀여운 구석도 있답니다

망년회(忘女會)를 마치고

54

늦은 저녁 눈발은 날리기 시작하는데

택시는 좀체 잡히지 않고

희미한 가로등 아래 둥근 막대사탕처럼 꽂혀 있는

버스정거장 표지판

혀로 쓱쓱 핥아보다가 싫증 난 바람은

얼음장 손길로 골목 구석구석 더듬거린다

문득, 도르르르 방황하던 종이컵 하나

내 앞에 멈추어 선다

주둥이에 찍혀 있는 립스틱 빨간 입술

눈물인 듯 흘러내린 마른 커피 자국

내 발에 기대어 흐느끼듯 어깨를 들썩인다

—그녀가 훔친 것은 내 입술이 아니었습니다

왠지 모를 슬픔에 나도 그만 털썩 주저앉아

언 손 호호 불어가며 차가워진 종이컵 어루만져 주다

내 가슴속에도 불씨로 남은 입술자국 숯불로 타올라

벌겋게 달아오른 얼굴

쌓인 눈에 문질러 보는 것이었다

신데렐라 여인들

이른 새벽

통통배가 어둠을 가른다

모포를 털듯 검푸른 물결이 펄럭일 때마다

먼지처럼 뽀얗게 이는 안개

오이며 가지 상추 밭에서 갓 낚아 올린 채소를

바구니 가득 머리에 이고 뭍으로 오르는 섬마을 아낙네들

번갯불에 콩 볶아먹듯 생겨났다 안개처럼 사라지는

소양로 뒷골목 번개시장

밤 열두 시가 되기 전 돌아가야 하는 신데렐라처럼

동트기 전

마법이 풀리기 전에 부랴부랴 성을 빠져나간다

떼지어 햇살이 노니는 수면 위로

신데렐라가 흘리고 간 수천수만 켤레 유리구두가

제 짝을 잃고 반짝이고 있다

자작나무의 우화(羽化)

하얀 살결에 점점이 검은 무늬가 박혀있는

자작나무 줄기를 바라보며

줄곧 누에를 닮았다는 생각이 들었다

자작나무 숲에 바람이 일면

수천수만 마리 누에들이 꼼지락 꿈지럭 일제히

산을 향해 기어오르는 것 만 같았다

그런 날이면

시인이 아니더라도 귀 밝은 사람이라면 누구나

사각 사그락 뽕잎 갉아 먹는 소리를 들을 수 있으리라

쌓인 눈을 뽕잎처럼 갉아 먹고 자란 누에는

이른 봄날 마지막 성장을 멈추고

입에서 초록색 실을 동글게 둥굴게 감아 올려

자신만의 집을 짓고 기나긴 여름잠에 드는 것이다

마침내 가을이 오면 번데기 잠에서 깨어난 누에는 한잎 두잎

자신의 집을 허물기 시작한 것인데

자작나무 숲속에서 누에나방이 날아오른 것을 봤다는

눈 밝은 사람을 아직 만나본 적은 없지만

아담과 하와가 허리에 두른 앞치마가

누에가 뽑아 올린 자작나무 잎을 따다 엮어 만든 것이라는

상상의 날개를 나도 나름대로 펼쳐보곤 하는 것인데

쌍봉낙타

낙타가 무거운 짐을 지고 뜨거운 사막을 건널 수 있는 것은
등에 난 혹 때문이다
혹은 낙타에게 있어 생명의 근원이다

곱사등이 만복이 아재가 사하라 모래바람보다도 더 따가운 시선을
견디며 세상을 살아가는 힘도 어쩜 등에 난 혹 때문이리라 오로지 열
심히 살아야 한다는 의지가 낙타처럼 등에 굳은살로 매달렸으리라

오늘도 낡은 리어카에 산더미 가득 폐지를 싣고 마을길을 오르는
만복이 아재 둘이 한 몸 되어 석양빛 물드는 사막의 모래언덕을 넘
어가고 있다

넥타이 부대 사람들

출근길

하얀 와이셔츠에 넥타이를 목에 두른 사내들을 본다

무표정한 얼굴

굳게 다문 입술에는 비장함이 묻어난다

오늘 전장에 나가 패하고 돌아오면

당장 목을 매 자결이라도 하겠다는 듯

일절 흐트러짐 없이 빳빳이 늘어뜨린 그들의 넥타이에는

서늘한 결의가 칼날처럼 서려 있다

명퇴는 곧 명예롭지 못한 전사임을 알기에

동료들을 방패막이 삼아서라도

내 책상과 의자를 사수해야 한다

적군도 아군도 없는 총성 없는 전쟁터

임전무퇴 정신으로

오늘도 살아남기 위해 싸우러 나간다

승리자란 끝까지 살아남는 자다

무한 경쟁체재 시대에 휴전이란 없다

페달

어린 시절 남들보다 서둘러 피아노 페달을 익혔다

중고등학생 시절 아침 저녁 종아리가 올챙이배가 되도록

부지런히 자전거 페달을 밟고 또 밟았다

오토바이 페달을 너무 힘껏 밟아

중심을 잃은 머리가 지구에 처박힌 적도 있었고

자동차 페달을 서투르게 밟아

남의 집 담장을 들이박곤 했던 청년의 때가 있었다

밟아야만 앞으로 나갈 수 있는 세상

언제부터인가 그런 세상이 무서워졌다

속력을 부르는 페달의 존재가 두려웠다

직장 동료가 때론 선배가 페달이 되어

그들을 밟아야만 앞으로 나갈 수 있는

그런 중년의 세상이 미워졌다

그렇게 주춤거리는 사이 문득,

나도 누군가의 페달이 되어 가슴이 짓눌린 듯

숨이 턱, 막혀왔다

퇴고

눈 한 송이 쌀 한 톨 바람 한 줌

세상 모든 것에는 지문이 있다

그러기에 지구 구석구석 흔적이 남아있다

남의 아버지 영정 사진을 앞에 두고

상주보다 더 슬프게 곡하는 친구

마르고 닳도록

평생을 칠 남매 자식농사 밭농사만 하시다가

이십 년 전 세상을 뜨신 아버지가 보고 싶다며

펑펑 가슴을 내리치던, 돌아가신 후에야

손끝에 지문조차 남기시지 않았음을 알았다고

빈 소주병 앞에 불효막심한 자신을 고해성사 하던

친구를 생각하면 나는 다시

나의 시를 고쳐 써 내려가야 할 것 같다

지문이 없기에 지울 수 없는 흔적이 있다

한 뼘

성인의 한 뼘은 대략 20cm

20cm 폭으로 무엇을 할까 싶으랴마는

할아버지는 한 뼘 폭으로 평생 열 마지기 땅을 일궈

칠 남매 자식 대학까지 키워 내셨고

어머니는 단칸방 평수를 큰 거실 딸린 세 칸 방으로 넓히셨다

20cm 한 뼘 폭으로 무엇을 얼마만큼 움켜쥘 수 있겠느냐마는

세상이 내 손안에 있다고 주먹 꽉 쥔 사람도 있었고

재산과 권력을 한 뼘 작은 평수 안에 밀어 넣으려고

부단히 애쓰는 사람들도 있다

소수점 아래 보이지 않는 평수 안에 무수히 나 있는 갈림길

때론 순간의 선택이 평생을 좌우하는 한 뼘 인생 속에

넥타이를 목에 두른 자벌레 한 마리

오늘도 한 뼘 한 뼘 느티나무 위를 기어 올라간다

출가 또는,

가슴에 미움을 품고 나가면 가출

그럼, 출가는 사랑을 품고 나가는 것일까

나는 매일 아침 아내의 잔소리와

아들의 여드름 난 무표정이 미워

회사로 가출을 한다

종일 뙤약볕 아래 왕소금 떨구며 고행을 하다가

문득 아내의 얼굴이 그립고

표정 없는 아들의 목소리가 듣고 싶어

늦은 밤 다시 집으로 출가한다

가출과 출가를 거듭하다

40대 말년이 짙은 그림자를 드리운다

폼페이의 여인들

살점이 떨어져 나갈 듯한

매서운 채찍 바람을

새끼를 품은 어미 펭귄같이

등으로 막고 서 있는 볏단들

화산재처럼 푹푹 쌓여만 가는

한겨울 눈 덮인 벌판에서

최후의 순간까지

자식을 품안에서 놓지 않은

사라진 도시 폼페이의 여인을 만났다

목구멍까지 차오른 죽음 속에서

엄마는

고양이 뒷발꿈치 걸음으로

자장가를 부르며

어린 아이에게 말했으리라

이제 곧 봄이 올 거야

갑갑하고 힘들더라도 조금만 더 참으렴

끝내 봄을 맞이하지 못하고

재 속에 잠든

모자상母子像을 바라보며

나 또한 오늘 저녁

어린 아들을 품에 꼭 껴안고 말해주리라

그래도 봄은 온단다

* 안도현 시 〈스며드는 것〉 일부 차용

남이섬

총각 시절 달랑 돗자리 하나 들고 통통배 타고 건넜던 섬

너른 잔디밭에 돗자리 깔고 누워 구름을 넘기며 파란 하늘을 읽던 곳

여름이면 통기타 두들기며 낭만을 노래하던 곳

드라마 속 젊은 여인이 들어와 뽀뽀를 하고 간 뒤

아기자기한 건물이 들어서고 산책길도 생기고

온갖 식물로 화사하게 화장한 섬

수수하고 볼품없던 섬이

대기업 사모님으로 화려하게 변신한 남이섬을 둘러보며 사내는

문득, 섬은 여자라는 생각이 들었다고 했다

여자는 가꾸기 나름이듯 섬도 가꾸기에 따라 변한다는 것을

만국기 휘날리는 유람선을 타고 나오며 생각했단다

그 사내에게도 섬 같은 여자가 있었다

토씨 하나 안 붙이고 고분고분 남편 말을 잘 듣고 따라주던 개발되기

이전의 섬 같던 그 여자 너무도 사랑스러워 월급통장 몽땅 갖다 바

친 순박한 강원도 산골 사내

14평 신혼살림 집에서 자식도 낳고 하나둘

살림 가구 늘려가며 38평 아파트로

나름대로 알콩달콩 행복한 삶을 꿈꾸며 살아가던 사내

삶의 여유가 생겨나면서 여자도 바뀌었다 한다

사내가 아침 밥상 받아 본 것은 꿈속의 일이었고

사내의 말 한마디 한마디에

그녀의 짜증과 불만이 섞여 나왔다고 했다

일요일 늦은 아침

참다못한 사내는 라면 불은 얼굴로 부시시 일어난 아내에게

주말이라도 아침밥상 차려주는 것이 예의 아니냐고 대들었다가

집에서 쫓겨 나왔고 차를 몰고 무작정 북한강변길을 내달리다

강 건너 화려하게 개발된 남이섬을 바라보며

그 사내 절규하듯 외쳤다지

"나, 돌아갈래!" *

* 영화 <박하사탕> 중에서

진실

좁다란 시장 골목길

남의 가게 앞에 종일 쪼그리고 앉아

냉이며 달래 봄을 내다 파시는 할머니

내가 직접 캐다 다듬은 것이라며 흥정을 해보지만

요즘 중국산 나물을 국산이라고 파는 할머니들이 많다며

쳐다만 보고 지나가는 아줌마

사람들이 할머니 말을 안 믿어도

쪼글쪼글 무말랭이 같은 할머니 손

그 손톱 밑에 낀 새까만 때를

나는 믿는다

고래 한 마리

우리 동네에는 늙고 병든 고래 한 마리 살고 있다

밤이면 고래고래 소리 지르며 골목길을 유영하다

마을 똥개들에게 쫓겨 집 대문 앞에 주저앉아

연실 푸우푸우 거친 숨을 내뿜는다

폐선처럼 여윈 아내의 무릎을 베고 새근새근 잠들다

바다가 그리워 굵은 눈물을 잠 속에 떨군다

젊은 시절 참치떼를 쫓아

남태평양 물살을 힘차게 가르던 박씨 아저씨

뭍으로 올라와 술고래가 되어 옛 추억을 쫓는다

이른 저녁부터 마을에 출몰한 고래 한 마리

나훈아를 등에 태우고 울지마 울긴 왜 우냐며

참치캔 한 마리 잡아들고 힘겹게 언덕길을 오른다

금연

아파트 비상구

연기가 모락모락 계단을 기어오른다

누군가 담배에 불을 붙여

제 입에 꽂아 놓았다

자신의 죽음을 미리 슬퍼하여

제사상에 올린

향불이다

에트르타 절벽의 일몰

파도가 자갈돌 씻는 소리 차르르차르르, 에트르타 알바르트 마을에
가면 팔레즈다발이라 불리는 바위를 만날 것이다 사람들은 엄마 코
끼리라고 하지만 내 눈에는 대서양을 향해 서서 바닷물을 핥고 있
는 한 마리 개미핥기처럼 보였다 배가 아픈 날이면 무릎에 눕혀 거
칠은 손으로 내 배를 쓱쓱 문질러 주시던 할머니 성난 파도처럼 사
납게 밀려오던 아픔도 어느새 차르르차르르 씻겨나갔다

에트르타 절벽의 일몰이 아름다운 것은 바람이 잔잔해서가 아니라
거친 파도를 쓱쓱 혓바닥으로 쓸어내리는 팔레즈다발 이라 불리는
바위가 있기 때문이다

*.에트르타 절벽의 일몰 - 1883년 모네가 그린 그림 제목
**.2016.8.6(토) 프랑스 에트르타 도시의 해안마을 알바르트에 가다

살구(殺狗)나무

아무리 사나운 개라도 마당에 들어서면 꼬리를 감췄다

동네 똥개들은 절대 마을회관 근처에 영역표시를 하거나

똥을 누지 않았다

마당 한구석에는 마을 최고 어르신 벌 되는 살구나무가

노란 열매를 주렁주렁 매달고 있었고

개들은 저승사자와 눈동자를 마주친 듯 슬금슬금 고개를 돌렸다

마을 어르신들이 삼삼오오 회관 마당에 모여

복날 누구 집 개를 제물로 여름을 달랠 것인지

나무 그늘에 장기판을 펼쳤다

하늘이 온통 노랗게 물든 유월의 어느 여름날이었다

무화(無花)

산비탈

갈아엎은 무밭

메밀처럼 앙증맞은 꽃들이

연보랏빛 미소를 피워 물었다

무꽃은 無花라서 꽃피울 줄 모른다고 생각했는데

도심 속에서 낳고 자란 아들에게도 보여주려고

연실 사진기를 들이댔다

밭 둔덕에서 한숨처럼 연실 담배 연기를 뿜어 올리는 촌로

꽃들이 대책 없이 웃고 있다

강돌

강가에 몽글몽글 놓여있는 돌들은

강물이 흘러가며 누고 간 똥 덩어리다

아랫배에 힘을 주고 볼일을 볼 때마다

강에서는 쉼표도 없이 물소리가 새어 나왔다

그래서 흐르는 물소리는 정답다

내 말이 맞는지 틀리는지 한 아이의 아비가 되어 보면 알 일이다

어린 자식이 땅바닥에 신문지 한 장 깔고 쪼그려 앉아

똥 누는 모습이 얼마나 사랑스러운지

한 아이의 어미가 되어 보면 알 일이다

끙끙 똥 떨어지는 소리가 얼마나 정다운지를

빨래집게 인생

우리의 외줄 인생도 그러했다

학창시절 땐 성적이 떨어질까 봐 아등바등 책 꽉 물고 살아왔다

직장에 들어가서는 젊은 나이에 명퇴당할까 봐

책걸상 놓지 않고 밤새도록 버텼다

늙어서는 자식들에게 눈치 보여

조용히 등산화를 챙긴다

가장자리로 내몰린 삭고 빛바랜 빨래집게들이

이슬방울처럼 마지막 안간힘으로 매달려 있는 이른 아침

고추잠자리가 빨랫줄 위에 앉아 젖은 날개를 말리고 있다

추석 전야

황금 이빨 드러내고 웃고 있는 논을 바라보고 있으면

내 가슴이 쭙쭙해져 온다

나름대로 땀 흘리며 일궈 온 49坪생 161.98m²의 삶

거둬들일 것이 아무것도 없다

늦은 나이에 아이 하나 겨우 싸질러 놓고

아버지라는 이름에 똥칠만 하고 살았다

맺히라는 알곡은 안 열리고 쭉정이만 무성한 황무지

잡초를 뽑아내듯 흙먼지 풀풀 나는 가슴을 쥐어뜯으며

석양을 바라본다

내일은 또 다른 태양이 뜰 것이라는*

나름대로 묵은 희망을 품고

녹슨 삽 하나 목발처럼 짚고 절뚝절뚝

가르마 같은 논둑길을 걸어간다**

*.영화 〈바람과 함께 사라지다〉 에서 여배우 스칼렛 오하라의 마지막 대사
**. 이상화 시 〈빼앗긴 들에도 봄은 오는가〉 차용

겨울소묘

회식도 근무의 연속이라며

마이크 대신 술잔을 든 사업부장의 연설은

창문 밖 함박눈처럼 그칠 줄 모르고 쌓여만 갔다

불판 위에 고기 한 점

만삭의 여인이 까맣게 속을 태우며 앉아있다

붕어빵 사 들고 오늘만은 일찍 들어오겠다던 젊은 남편의 약속은

백지 수표처럼 허공에 흩날리고

아무리 콜을 불러 보지만 택시는 대답이 없다

갈 데까지 가보자며 무작정 걸음을 옮기는데

취기 오른 발자국은 주인을 놓치지 않으려

미끄러질 듯 삐뚤빼뚤 힘겹게 뒤따라오고

조심해서 들어오라는 아내의 문자 한 통

가로등 불빛만이 근심 어린 노모의 시선으로

뿌옇게 지켜보고 서 있었다

위대한 백수

대학을 졸업하자마자 삼촌은

겨울잠에 든 뱀처럼

종일 골방에 틀어박혀

조국을 위해 장차 무엇을 할 것인가

깊은 고심에 들어갔다

벌써 오 년째다

지금쯤 허물은 벗었을까

지원이의 돌

예배당 문을 나서는데

주일학교 어린아이 하나가

손에 꼭 쥐고 있던 하얀 차돌 하나를 펼쳐 보입니다

이것이 뭐니?

하늘에서 떨어진 것이에요

애야 운석이란

우주에서 떠돌던 돌이 지구 대기권에 부딪히며 불타서 까맣게…

나의 세상적 짧은 지식이나마 열심히 설명하려고 하는데

아니에요

떨어질 때 너무도 무서워 얼굴이 하얗게 변한 것이에요

아이의 말 한마디가 별똥별이 되어

나름대로 시를 쓴다고 폼만 잡고 다니던

사막같이 황량해진 내 가슴속에

쿵,

흙먼지를 일으키며 떨어져 내리는 것이었습니다

어느 여름날의 풍경

지난겨울 청평사 법당 추녀 끝에서 노닐던 물고기를

골목 끝 개척교회 처마 밑에서 만났다

엄동설한 빈속으로 열반에 들 것 같아 하산했다는데

복날 소 뼈다귀 하나 구걸 못 한 떠돌이 개 마냥

피골이 상접이다

어찌 된 영문이냐고 물었더니

목사님이 금식기도만 시켜서 그러하다며

구름 한 조각 바람 한 점

가진 것 없는 도심 속 가난한 허공에

해탈한 듯 힘없이 매달려 있었다

눈사람

두 다리를 주시지 않으셨지만

저를 일으켜 세우셨습니다

당신께 다가설 수는 없지만

기다릴 줄 아는 인내를 허락해 주셨습니다

두 손을 허락하지 않으셨지만

꼭 붙잡고 놓을 수 없는

간절한 마음을 허락해 주셨습니다

흔적 없이 녹아내려

노란 민들레꽃 피워 낼 수 있도록

새 생명을 허락하여 주셨습니다

당신은 저에게

복

학교에서 돌아온 어린 어머니를 제일 먼저 반겨준 것은

대문 밖에서부터 들려오는 외할머니의 재봉틀 소리였다고 한다

탁탁탁 드르르르륵

상업고등학교에 다니던 큰 언니 타자 치는 소리 같기도 하고

노름판 아버지의 화투패 섞는 소리 같기도 했다던,

더는 대문 밖으로 가세가 새어 나가지 못하도록

하나님이 쉬라고 정해 주신 주일날에도

누에가 실을 뽑아 집을 짓듯 바늘에 실을 꿰어

밤새도록 집 안 틈새를 틀어막으셨다

믿음 좋기로 소문난 교회 권사님이셨던 외할머니도

가난 앞에서는 결국 백기를 드셨다 했다

젊은 전도사님은 가난한 자가 복이 있다고 위로의 말씀을 건넸지만
복은 가난과 철천지 원수지간이었다

토요일 오후
일주일 치 빨랫감을 싸 들고 집에 들어오면
아들 녀석은 학원에서 돌아올 생각을 않고
오늘도 늦으니 알아서 저녁 먹으라는 아내의 문자 한 통이 날 반긴다

드르륵 탁탁 드르르륵

문득, 어디선가 들려오는 박음질 소리
거실 창문을 열고 내다보니 외할어머니가
베란다 구석 뽀얗게 먼지 쌓인 재봉틀에 앉아
구멍 난 외손자 마음을 꿰매고 계셨다

별

하나님은 북쪽 하늘을 허공에 펴시며 지구를 공간에 매달아 놓으시고
(구약성경 욥기 26장 7절)

해변의 모래알처럼 수많은 별을 공간에 매달아 놓으신 하나님이시여

저 별들을 걸어 둔 못은 어찌 하나도 보이지 않습니까

별을 매단 줄은 어디에 있는지요

못질할 때마다 천둥소리 요란하였나이까

허공에 실금이 갈 때마다

쩍쩍 얼음장 갈라지듯 번갯불이 번쩍였습니까

빗줄기로 끈을 엮어 별들을 매달아 놓으셨나요

제 두 눈으로 박힌 못과 매단 줄을 직접 보기 전에는

믿을 수 없겠나이다

그때 주님 내게 말씀하셨네

이눔아, 풀칠해서 붙였다

손으로 방바닥을 훔치시며 한 말씀 하십니다

너는 흙이니 흙으로 돌아갈 것이다
(구약성경 창세기 3장 19절)

애야, 사람이 흙으로 지어졌다는 말이 사실인가 보다

종일 쓸고 닦았는데도 자고 나면 먼지가 또 쌓여 있구나

어머니,

무너져 내린 흙담 같은 앙상한 손으로

자신의 몸을 쓸어 담고 계십니다

유월

오디가 까맣게 익는다

버찌가 까맣게 익는다

새똥도 까맣게 익어간다

여름날의 단상

양초는

자신의 몸을 녹여

빛을 부르고

눈은

자신의 영혼을 녹여

봄 향기를 부르고

아이스크림은

자신의 모든 것을 녹여

개미를 부른다

가을날

여기저기 떨어져 있는 사과나무 잎마다

크고 작은 구멍이 뚫려있다

그림자에도 구멍이 숭숭 뚫려있다

가을 햇살이 그림자 속을 환하게 파먹었다

첫얼음

첫얼음은

어린아이 첫걸음 같아서

불안 불안하지

살얼음 걷듯

바라보는 마음도

조마조마하지

그래서 첫얼음은 살얼음이지

겨울 바다

손잡고 거닐던 연인들이

백사장에 다정히 벗어 놓은 발자국

바다는 연실 하얀 손을 내밀어

슬쩍슬쩍 품속에 감춘다

허공을 맴도는 갈매기들

유난히도 발이 시려 보였다

나비가 가시에 찔리지 않는 이유

꽃을 꺾어 나 혼자만 보겠다는 욕심을 버린다면

장미는 고양이처럼 발톱을 세우지 않는답니다

바다쓰기

호랭이

코기리

두더쥐

하아마

다 틀녔다

쫄면 쫄면이다

쫄지 마십시오

당신은 쫄면이 아닙니다

뻔데기의 꿈

좌절하지 마십시오

당신은

불끈 일어설 수 있습니다

과거는

한 방울 미련 없이

탈탈 털어 내십시오

야옹이의 꿈

언젠가는 나도 어훙, 소리 지를 날이 있겠지

시인 약력

봉사활동 열심히 했다고 상을 받아 온 아들 녀석이

아빠 학교 다닐 때 무슨 상 받아 봤냐고 묻길래

암만 생각해도 정근상이 전부다

아빠 아침저녁 할머니에게 상을 받아서

더는 아무 상도 받고 싶지 않았다고 대답했다

어느 날에는 아내가 옆집 남자는 이번에 장관상을 받는다는데

당신은 이십 년 넘게 회사 다니면서 무슨 상 받아 봤냐고 묻길래

당신이 차려주는 밥상만으로 족하다고 나의 무능력을 감췄다

결혼 전 처음 시집을 내겠다고 말했을 때 어머니는

글짓기 대회에 나가 빤스 한 장 못 타 온 놈이

무슨 책을 만들겠다고 하냐며 못마땅해하셨고

어느 잡지에 실린 시 한 편 옆에 작품보다 더 길고 화려한 시인의

수상경력을 대할 때면 괜스레 주눅이 들곤 했다

약력은 최소한 석 줄은 써넣어야 독자들에게 예의인 것 같아

채워 넣으려고 하니 이 또한 시 쓰는 것만큼이나 힘들고 어렵다

첫 줄은 춘천에서 태어났다고 출생지를 밝히고

둘째 줄은 그래도 소속된 단체가 있으니

한국동시문학회 회원이라 써 놓고

마지막 셋째 줄은 내 작품을 보증할 수 있는

수상경력을 써넣어야 하는데

어떠한 상도 받지 않은 순수 무공해 시인이라고

변명 아닌 변명으로 억지로 석 줄을 채워 넣는다

아, 삼 년 전 근로자문화예술제 문학분야 입선 상 받으려고

서울 올라갔다가 길만 헤매고 다닌 적이 있었다

■ 해 설

사람이 꿈꾸는 투명한 욕망

우대식(시인)

　최승훈의 시집을 읽으며 시를 왜 쓰는가 하는 원론적인 물음을 스스로에게 해 보았다. 모든 일상이나 시간, 사람조차도 교환의 가치를 척도 삼아 살아가는 복잡한 현실 속에서 시가 주는 의미는 무엇인가 하는 물음이 그것이다. 그것은 아마도 최승훈의 시가 지향하는 지점이 내가 일상적으로 아는 시의 지향점과 상당한 차이가 있다는데서 비롯된 것이다. 솔직하게 말하자면 최승훈의 시가 지향하는 욕망이 너무 투명하다는 뜻이다. 겹안, 복안, 중첩 등의 수사학이 주를 이루는 오늘날의 시를 읽다가 단일한 시선으로 세계를 이해하려고 애쓴 그의 시집을 읽으며 다소 싱거운 느낌을 받은 것도 사실이다. 그러나 시 저변에 깔린 동화적 상상력과 언어유희를 통해 형상화된 시편들을 읽으며 고개 끄덕이게 되었다. 오히려 시를 보는 내 시점이 더 확장되어야 한다고 생각하게 되었다. 부끄러운 고백처럼 자신의 시를 쉽다고 말하는 최승훈의 시는 강렬한 충격이나 감동과는 거리가 있지만 킥킥대는 웃음을 유발시키며 따뜻한 마음을 전해주는 실용적 기능을 겸하고 있었다. 이러한 요소들은 삶을 대하는 그의 태도에서 비롯되었겠다는 것이 시 전편을 읽은 개인적 소감이기도 하다. 자신에게 주어진 일상을 성실하게 살아내고 직장

인, 아들, 아버지, 남편으로서의 역할을 충실히 하는 과정에서 빚어
진 시편들은 그를 닮았을 것이라고 추측해보는 것이다. 그 가운데
시 곳곳에 배어 있는 유머는 그의 시편들에 대한 가독률 높이는데
큰 기여를 하고 있다. 현대를 살아가는 우리들에게 작은 위안과 재
미를 이 시집은 선사하고 있다.

똥 같은 시를 쓰고 싶다
텃밭에 묻혀 귀한 거름 될 수 있는 그런

개똥 같은 시를 쓰고 싶다
약으로 쓰려면 없을 만큼 귀한

더럽다
내 시에 침 뱉고
냄새난다 코 막고
얼굴 찌푸려도

귀한 거름으로 쓰여
푸른 생명 키워낼 수 있는

그런 똥시를 저에게 허락하여 주옵소서

– 「어느 봄날의 기도」 전문

시집 맨 앞에 실려 있는 이 시는 <시인의 말>을 대신하고 있다고 느껴질 정도로 시에 대한 그의 생각이 집약되어 있다. 세상에 인정받는 존귀한 무엇으로서의 시가 아니라 "개똥" 같은 시를 쓰게 해 달라는 기원적 시점의 고백적 진술은 시인의 삶에 대한 태도를 무엇보다도 극명하게 보여준다. 누구나 자신이 처한 사회의 평균적인 욕망에 시달리며 살아간다. 가령 시인으로서의 명망 혹은 대중적 회자와 평가 등은 시인이라면 대개 가질 법한 보편적 욕망이라 할 수 있다. 그러한 것으로부터 스스로 일정한 거리를 가진다는 것은 자기 성찰의 결과이기도 한 것이다. "시 한 구절 한 구절 밑줄 붉게 그어가며 / 시험 치르듯 읽지 않기로 했다"(「그냥 읽기로 했다」 부분)는 고백도 이 같은 맥락에서 비롯되었을 터이다. 그가 집착하는 것은 "푸른 생명"이다. "푸른 생명"을 위한 밑거름으로서의 시가 자신의 시적 지향이라는 것을 명백히 밝혀 놓은 것이다. 이러한 태도는 자연스럽게 그의 시에서 지나친 엄살이나 으스댐 등의 과도한 포즈를 찾아 볼 수 없게 만드는 요소이다.

시집에 가장 많은 소재로 쓰인 어머니와 아버지의 시편들은 당연히 뭉클한 정서를 담고 있지만 최승훈의 경우 언어유희를 통해 사태의 심각성을 유머러스하게 전이시키고 있다.

꽃물이 오른 4월

강원도립화목원에서

어머니는 연실 어머나 어머나

어머나를 연발하십니다

어머나 어쩜 이리 앙증맞다니

어머나 네 동생 어릴 적 모습같이 너무 예쁘다

어머나 향기가 너무 좋구나

어머니가 자꾸만 어머나로 읽히는 봄날 오후

아버지도 아버자로 읽혔으면 좋으련만

아직도 잎을 틔우지 못한 대추나무처럼

볕 좋은 벤치에 묵묵히 앉아만 계신 아버지

아버자 앙증맞은 제비꽃 좀 보세요

아버자 당신 딸처럼 예쁜 튤립도 보시고요

아버자 조팝나무 꽃향기에 취해도 보시라고요

강둑 풀밭 나무둥치에 매여 있는 소처럼

꿈쩍 않고 앉아만 계신 아버지 두 눈가에

꿈뻑꿈뻑 졸음이 나비처럼 날아와 앉습니다

– 「아버자」 전문

　동음이의어를 통한 희언의 수사학은 많은 시들에서 찾아 볼 수 있다. 대개 두 언어의 사이의 발음상 공통점을 바탕으로 의미를 해체하거나 전이시킴으로 비롯되는 희언의 수사학과는 달리 이 시는 조음의 단계에 까지 나가고 있다. 어머니의 탄성인 "어머나"와 같이 아버지를 "아버자"로 치환시키고자 하는 욕망은 신선하기도 하고 정서적 측면에서 보자면 눈물겨운 것이기도 하다. 어머니와 달리 생명력을 잃어가는 아버지가 "아버자"를 연발하며 사물과 조응하기를 바라는 욕망은 새로운 수사적 발견이라 할 수 있다. 일상어로 시를 쓰지만 일상어를 넘어서려는 욕망이 시인의 욕망이라는 것은 재론할 필요가 없을 터이다. 조어를 통해 이질적인 어휘에서 동질성을 발견하고자 하는 시인의 위트가 아버지를 향한 간절한 마음과 어울려 웃음과 연민을 동시에 자아내게 하는 것이다.

　희언의 수사학은 최승훈 시인이 즐겨 쓰는 시적 방법론이다. 앞선 경우처럼 새롭게 말을 만들기도 하고, 음상(音相)에 대한 독특한 해석을 시적으로 형상화하기도 한다. "자장면은 왠지 싱겁게 느껴졌고 / 짜장면은 찐한 맛을 낼 것만 같다"(「군만두는 서비스」)는 표현은 우리말을 공유하는 사람이라면 고개를 끄덕 일만하다. 자극적인 음식을 피하라는 의사의 권유를 듣고 "짬뽕"이 아닌 "잠봉"을 주문했다는 데 이르면 슬며시 웃음이 나는 것이다. 「굴비의 유언」과 같은 작품은 음운의 도치를 통해 극적 재미를 선사한다. "나를 거꾸로 매달아 비굴하게 만들지 마라"는 시 전문은 심각한 의미를 내포하지 않지만 범박한 일상의 재발견이라는 즐거움을 독자에게 던져

준다. 다른 시에서도 이 같은 방법론은 찾아볼 수 있다. "여자를 거꾸로 읽으면 자녀가 된다 / 여자는 자녀를 낳아 가족을 이루고 더 나아가 / 국가를 이루는 위대한 존재다 / (중략) / 남자들이여! / 그 옛날, 여자들을 호령하고 / 가족 위에 군림하던 그 기백과 기상 / 정녕 어디로 사라졌단 말인가 / 도대체 그대들은 어디서 무엇을 하고 있단 말인가 // 자냄?"(「남자들이여! 잠에서 깰지어다」부분). 음운의 도치를 통해 해학적 정황을 만들어내는 힘은 가히 타의 추종을 불허한다 할 것이다. 이 범박한 일상의 재발견이라는 측면은 최승훈의 시 전반에 스며있다. 그것은 속담과 같이 일상을 살면서 내면화된 지혜를 포함하고 있다.

할무이
화분 밑바닥에
와 구멍이 뚫려있노?

똥구녕인 기라
니도 밥 묵고 나면 똥 싸제
화분도 똑같은 기다

똥구녕이 있어
머리 위에
예쁜 꽃도 피워 낼 수 있는 기다

- 「똥구녕」전문

세계를 이해하는 통 큰 속담적 지혜가 이 시에서도 번득인다. 화분 밑바닥의 구멍과 "똥구녕"의 기능이 유사하다는 데서 출발한 이 시의 핵심은 "예쁜 꽃"을 피워내기 위해서는 "똥구녕"이 전제되어야 한다는 사실이다. "똥구녕"이야말로 머리로 상징되는 인간의 온갖 사고와 철학의 근본이 된다는 사실을 화분에 핀 꽃을 통해 그리고 있는 것이다. 최승훈의 시에서 세계를 단순화시키고 해석하는 힘의 근원은 다분히 동심의 세계에 대한 동경에서 연유된 측면이 크다. 동심이 가지는 가치는 사리분별이 아니라 시선의 직관성에서 비롯된다. 더러 유치한 듯 보이지만 동심의 순수한 직관은 때가 탄 성인으로서는 도저히 생각해 낼 수 없는 인식을 보여주기도 한다. 그것마저도 대개 놓치고 지나갈 터이지만 시인은 동심의 세계에 대한 예민한 촉수를 늘 가동시키고 있다.

예배당 문을 나서는데

주일학교 어린아이 하나가

손에 꼭 쥐고 있던 하얀 차돌 하나를 펼쳐 보입니다

이것이 뭐니?

하늘에서 떨어진 것이에요

애야 운석이란

우주에서 떠돌던 돌이 지구 대기권에 부딪히며 불타서 까맣게…

나의 세상적 짧은 지식이나마 열심히 설명하려고 하는데

아니에요

떨어질 때 너무도 무서워 얼굴이 하얗게 변한 것이에요

아이의 말 한마디가 별똥별이 되어

나름대로 시를 쓴다고 폼만 잡고 다니던

사막같이 황량해진 내 가슴속에

쿵,

흙먼지를 일으키며 떨어져 내리는 것이었습니다

– 「지원이의 돌」 전문

  순수직관의 세계는 논리적 세계를 뛰어 넘는다. 이 시의 압권은 운석에 대한 나의 설명을 들은 아이의 반응이다. "아니에요 / 떨어질 때 너무도 무서워 얼굴이 하얗게 변한 것이에요". 이 한 마디 말은 상식과 과학적 사고를 와해시킨다. 분명 자신의 경험과 관련이 있을 아이의 발언은 어쩌면 사물을 바라보고 이해하는데 있어 상식이나 과학보다 더 진실한 의미가 있는지도 모른다. 아이의 발언은 시적 화자로 하여금 새로운 인식의 여행을 가능하게 해주는 것이다. "쿵"하고 가슴에 떨어진 별똥별은 최승훈 시인의 시세계에서 동심이 어떻게 기능하고 있는지 보여주는 좋은 예일 것이다.

막내딸 생일날 엄마는
짜장면 곱빼기 한 그릇 시켜놓고
일터로 나갔습니다
퉁퉁 불은 짜장면을 한 젓갈씩 나눠 먹으며
어린 동생이 말합니다

오빠야,
짜장면 속에 있는 완두콩 마당에 심으면
짜장면이 열릴까
짜장면이 주렁주렁 달리면
엄마도 우리랑 같이 배불리 먹을 수 있을 텐데

그날따라 엄마는 밤늦도록 돌아오지 않고
불어 터진 검은 밤하늘에는
완두콩만 한 푸른 별들이 반짝반짝
어린 남매를 바라보고 있었습니다

*. 이정록 동시 〈어느새〉에서 짜장면 속 완두콩 빌려옴

– 「달동네」 전문

동심의 상상력은 어린 날의 고단했던 경험에도 고스란히 담겨 있
다. "짜장면"이 주렁주렁 달렸으면 좋겠다는 어린 여동생의 시적 발

화는 슬픔을 머금고 있다. 그 기원적 고백은 어머니와 함께 배불리 먹었으면 좋겠다는 간절한 바람이 배경으로 깔려 있다. 그러나 그 엄마는 밤이 늦도록 돌아오지 않았고 푸른 별들만이 반짝이며 어린 남매를 바라본다는 회고적 서경은 현재까지도 정서적 울림의 추로 작동하고 있는 것이다. 여기에는 순수한 마음을 잃지 않는 시적 화자의 태도가 자리 잡고 있다. 오래된 정서는 잊히고 퇴락하기 마련인데 시적 화자에게 각인된 완두콩만한 별은 아직 그 눈 속에서 반짝이고 있다. 아마도 시인에게 그 별빛이야말로 시를 쓰는 여정에서 방향타의 구실을 하고 있는 것이다.

호랭이

코기리

두더쥐

하아마

다 틀녔다

— 「바다쓰기」전문

이 시도 동심에서 촉발된 형상화 방법을 취하고 있다. 상식적으로 보자면 제목부터 맞지를 않는다. 받아 쓴 단어는 물론 "틀녔다"고 하는 평가어 자체도 틀려 있다. 한 편의 동시로 생각하고 그냥 웃고

넘길 일이라면 그렇구나 생각하겠지만 제목이 심상치 않다. 제목으로 쓰인 "바다쓰기"가 맞는다면 호랑이, 코끼리, 두더지, 하마라고 써도 모두 틀린 답인 것이다. 여기에 시인이 노린 함정 혹은 재미가 도사리고 있다. 마치 수수께끼처럼 호기심을 자극하는 방식의 통하여 상황을 희화화하기 때문이다.

 심각한 국면을 희화화라는 방식으로 전환시키는 것도 이 시집의 큰 특징으로 자리 잡고 있다. 희화화라는 방법론도 대상이나 상황에 대한 예리한 관찰에서 비롯되는 것이다. "요즘 눈도 침침하고 글씨도 잘 안보이고 / 평생 얄밉게만 보이던 아내까지 예뻐 보이기 시작했다"(「노안」 전문)는 표현도 건강상 심각한 국면으로 전개될 듯 싶지만 전혀 상관없는 아내를 끌어들여 상황을 전환시키고 있다. 이런 방식은 능청 혹은 유머의 효과를 유발하며 삶을 좀 더 여유 있는 것으로 치환하는 역할을 한다.

하나님은 북쪽 하늘을
허공에 펴시며 지구를 공간에 매달아 놓으시고
(구약성경 욥기 26장 7절)

해변의 모래알처럼 수많은 별을 공간에 매달아 놓으신

하나님이시여

저 별들을 걸어 둔 못은 어찌 하나도 보이지 않습니까

별을 매단 줄은 어디에 있는지요

못질할 때마다 천둥소리 요란하였나이까

허공에 실금이 갈 때마다

쩍쩍 얼음장 갈라지듯 번갯불이 번쩍였습니까

빗줄기로 끈을 엮어 별들을 매달아 놓으셨나요

제 두 눈으로 박힌 못과 매단 줄을 직접 보기 전에는 믿을 수

없겠나이다

그때 주님 내게 말씀하셨네

이눔아, 풀칠해서 붙였다

– 「별」 전문

모처럼 성경까지 인유하여 지구와 별의 생성에 대해 문제를 제기
한 이 시는 상황의 희화화를 정수로 보여준다. 도대체 별은 어디에
매달려 있는가 하는 물음이 현상의 문제에서 종교의 문제로 치환될
때 그 심각성은 말할 필요가 없을 것이다. 그러나 "제 두 눈으로 박
힌 못과 매단 줄을 직접 보기 전에는 믿을 수 없겠나이다"라는 어깃
장은 이 시의 종교적 색채를 지우면서 유머로서의 전환을 예고하고
있다. 사실 종교에 배타적인 생각을 가진 사람들은 늘 뭔가 보여 달
라고 신에게 조르는 형국을 연출한다. "이눔아, 풀칠해서 붙였다"는
주님의 말은 심각한 국면을 일거에 타진하고 웃음을 생산한다. 이같

은 방식은 시인이 가진 낙관적 세계관에서 비롯된 것일 듯싶다. 일상을 회화화하는 신앙의 태도에 더 믿음이 가는 것도 이러한 이유에서이다. 또한 시는 어렵다는 일반론을 뒤집는 시인의 행보에서 시의 대중화라는 일면을 살피게 되는 것도 의미 있는 일이라 생각한다.

낙관적 세계관과 동심에 대한 지향이 최승훈의 시의 주류를 이루고 있는 것이 사실이지만 현실에 발을 디딘 자로서의 리얼리티도 시집 곳곳에서 번득이고 있다. 특이한 점은 현실적 리얼리티의 경향이 짙게 밴 시에는 늘 휴머니즘의 그림자가 드리워져 있다는 사실이다. 돌이켜 보면 그의 시에 등장하는 현실의 인물들은 대개 생명력이 약화되었거나 사회적 약자인 경우가 대부분이라는 사실은 시인의 관심이 어디에 있는가를 알게 해준다.

> 밟아야만 앞으로 나갈 수 있는 세상
> 언제부터인가 그런 세상이 무서워졌다
>
> 속력을 부르는 페달의 존재가 두려웠다
>
> ―「페달」 부분

페달이 가진 환유적 의미는 무한경쟁의 사회에서 누군가를 이기기 위해 달려야만 하는 자기 중심적세계이다. 시적 화자가 세계에 대해 갖는 비판적 인식은 이 지점에 닿아 있다. 누군가를 밟아야만 나갈 수 있는 사회 구조 속에 "그런 세상이 무서워졌다"는 고백은 세계는 과연 살만한 곳인가 하는 물음을 동반하게 하는 것이다. 또한 페달을 밟을 수밖에 없으면서 페달을 두려워하는 모순의 세계를 살아가는 독자들에게 반성적 메시지를 던져주는 것이다. 시인이 후미지고 약한 것에 보내는 휴머니즘의 세례는 이러한 반성적 사고에 기인해 있다. "곱사등이 만복이 아재가 사하라 모래바람보다도 더 따가운 시선을 견디며 세상을 살아가는 힘도 어쩜 등에 난 혹 때문이리라 오로지 열심히 살아야 한다는 의지가 낙타처럼 등에 굳은 살로 매달렸으리라"(「쌍봉낙타」 부분)는 시에 등장하는 곱사등이 만복 아재에 대한 인식도 휴머니즘을 바탕으로 하고 있다. 쌍봉낙타에 비유되는 만복 아재는 이 시대의 불우한 인물의 전형인 것이다. 이 전형적 인물을 통한 인간의 삶에 대한 탐구에는 시적 화자 나아가 시인의 세계관이 내포되어 있다. 소시민으로서 삶에 대한 진지한 고구는 삶의 진정성에 그 끈이 닿아 있는 것이다.

  삶의 진정성에 도달하고자 하는 시적 열망은 수도자의 태도와 유사한 측면이 있다. 간절한 마음을 전하고자 스스로 견인해나가는 길이 바로 시인의 길이라는 것을 이 시집은 잘 보여준다. 다음 시는 그러한 정황을 집약적으로 보여준다.

두 다리를 주시지 않으셨지만

저를 일으켜 세우셨습니다

당신께 다가설 수는 없지만

기다릴 줄 아는 인내를 허락해 주셨습니다

두 손을 허락하지 않으셨지만

꼭 붙잡고 놓을 수 없는

간절한 마음을 허락해 주셨습니다

흔적 없이 녹아내려

노란 민들레꽃 피워 낼 수 있도록

새 생명을 허락하여 주셨습니다

당신은 저에게

－「눈사람」 전문

시적 화자의 퍼소나를 하고 있는 눈사람의 고백적 진술은 신께 기원하는 형상을 하고 있다. 모든 불우한 조건조차 긍정으로 치환하는 힘은 바로 "새 생명"의 잉태와 관련이 깊다. 이는 앞에 인용한

「어느 봄날의 기도」의 "푸른 생명"과 정확히 일치하는 의미망을 형성하고 있다. 자신의 전 존재가 녹아 노란 민들레를 피워내는 밑거름이 될 수 있기를 기원하는 순수한 마음이야말로 존재의 온전한 긍정을 비롯되는 것이다. 시를 쓰는 그의 마음도 이에 멀지 않다. 이 투명한 욕망이 세계 어디에 도달할 것인가 하는 문제는 순수한 영혼의 거주자들이 어디에 도달할 것인지 하는 물음과 등가의 의미를 지닌다. 참 고요하고 간절한 12월의 햇살이 잘 어울리는 투명한 물고기 같은 시집이다. 우리는 무엇을 희구하며 사는가?

이것은 불륜이다

지 은 이 최승훈

1판 1쇄 발행 2019년 12월 11일

저작권자· 최승훈

발 행 처 하움출판사
발 행 인 문현광
편   집 유별리
주   소 전라북도 군산시 축동안3길 20, 2층(수송동)
I S B N 979-11-6440-088-1

홈페이지 http://haum.kr/
이 메 일 haum1000@naver.com

좋은 책을 만들겠습니다.
하움출판사는 독자 여러분의 의견에 항상 귀 기울이고 있습니다.

이 도서의 국립중앙도서관 출판예정도서목록(CIP)은 서지정보유통지원시스템 홈페이지(http://seoji.nl.go.kr)와
국가자료종합목록 구축시스템(http://kolis-net.nl.go.kr)에서 이용하실 수 있습니다. (CIP제어번호 : CIP2019049307)